棒球人生 2nd

蠢羊——編繪

注：本書內容會出現抽菸、喝酒與騎機車等畫面，
請注意未成年者不得從事上述行為。

第8回．誰想輸

大家，他是新加入的成員：巴度。
今天一起練習。
武德
Bú-Tik
哪來的巨砲？
應該是為了觸身上壘吧．也可能力量很大……
武德

Bado Battowanomin！
我叫巴度，學長好！
從哪找來這個大嗓門的啊？
好吵！
這個肚子，站上打擊區好球帶都被遮光啦！
武德
Bú-Tik
Kán！

教……練？你是從哪找到他的？
學校體育館，
我在測一年級新生體適能時順便找的，
找到兩個對棒球有興趣的。
所以你只找到這個死胖子？
不，我說過我找到兩個。
我力氣很大，可以幫忙搬東西喔！
放手！
我要死了！
不過另外一個還沒來的樣子……
務實派

好的，如果是體積龐大的打者，對方可能會以外角球進攻，那我們應該……
不要立刻就開始分析！
面對現實
這沒速度的胖子也只能用一次！根本沒用啊！
無法接受
Bú-Tik
對，所以我還找了另一個……
嗨呦～
抱歉抱歉，人家遲到了★

不好意思，教練！

那個……這是我同學劉玉山，我們可以一起參加練習嗎？
這要問一下其他人，他們對新隊員好像有點……
沒有問題、教練！
武德
Bú-Tik
……

關一，趁現在帶隊去跑步熱身。
好。
……
呵
怎麼了？還有東西沒拿嗎？
沒有……
女孩子跟我過來，我有事要拜託妳們。

那孩子沒出現
……沒有辦法
吸引他加入嗎？
12
34
這些孩子
很單純，
還是要把教練
的工作做好。
53

眼前也許有
很多地方不足，
但最緊急的還是
贏球、獲得名次，
讓學校重視球隊。
絕對……
絕對絕對要贏！

咻—
鏘

怕什麼？
再往前朝本壘板站一步。
這裡，放開手。
哐啷

看，這樣你的攻擊範圍就可以覆蓋整個本壘板了。
你能制霸這裡，勇敢點！
矮額，羞羞臉，怕女生。
誰怕女生了？
來！再餵我幾球！
看起來進行得很順利呢。
連那個臭屁的藍輝雪都乖乖練習了。

Kán！打到你了！
啪
可惡被吸一堆血……
那個……
幹嘛！
這個溼紙巾拿去用吧，
要防蚊液嗎？

啊……謝謝，好喔！
雪姐接！幫我貼肌貼！
排隊啦。
我也要！
要搓喔！
膠帶很貴不要一下就弄掉了

瀑雲她很年輕，
孩子們也很快
就跟她打成一片。
她和關一可以當
球隊間的潤滑劑，
那麼我來扮黑臉吧……
以後比較好辦事。
好，打擊結束，
去做下一組練習。

嘿嘿，沒想到這麼簡單啊！
妳也想試試看嗎？
那當然了★
那麼等一下我教妳怎麼打擊吧。
耶嘿！
……
教練……
怎麼了？

……你不調整我的打擊姿勢嗎？
……怎麼說？
剛剛你一個個幫他們調整打擊的姿勢……
可是我卻沒有……
你不調整我的嗎？

馬博拉斯
你知道你剛剛打出去的球，都是往哪裡飛比較多嗎？
這個有著特別外表的孩子，他的眼神……
滿滿都是害怕跟膽怯。
……中間？
那你有沒有準確地打中球心？
武德
Bú-Tik
……有。

你的打擊狀況很好，
為什麼我還需要調整你？
……
不安與動搖，並且自我懷疑，
怎麼看都不是個健康球員的眼神。

嘿——！
！
你們是學校的球隊吧！
我去球場沒看到人，原來你們躲在這裡！
請讓我加入球隊！

唷路死苦
我是一年級的薛政翟！從臺南北漂到臺中！
讀國中時有打球的經驗！
好，明天開始你加入練習，有裝備吧？
哈哈！
沒問題，感謝教練！我有自己的裝備！
練習地點一樣暫時在這裡，別跑錯了。

這樣隨便就答應讓人加入真的可以嗎？
不先測試一下？
臺南人的血液內，除了流著糖，還流著棒球。
我也臺南人，沒問題的，繼續練習吧。
死氣
沉沉
這樣會心血管堵塞吧？
阿峰沒來真的讓他很失望呢……完全能感受到他的情緒起伏。
你守哪？
我工具人啦！
武德
Bú-Tik

總算比較了解這些孩子的能力了，打擊都不錯。
尤其幾個力量特別大的……
但棒球可不是只靠蠻力就能贏的啊。
剛剛還以為是他來了……

不行，就算只有這些孩子能用，也要想辦法贏……
……
!?
唉……
看來那件事造成他很大的壓力。
稍早之前 · 武德高中
沒有辦法。

今年預算已經都編好了，
要等到下學年度才能編修繕預算，還要招標廠商……
緊急經費優先修復體育館、圖書館等學生上課要用的硬體設備，
武德
Bú-Tik
每個學生都有付學費，我們不能把所有資源都給棒球隊，請你體諒。

真是雪上加霜，讓他背太多不習慣的壓力，恐怕也當不好教練……
集合。
一年級的各位，我想你們應該都很清楚，
從剛入學就開始集訓，除了之前的颱風之外，幾乎沒有放過假……
這一切都是為了參加「巔峰盃」！

臺灣有兩百多座超過三千公尺的高峰！
但是只有克服萬難、打敗諸強者、走到最後的人，才能征服巔峰！
武德
Bú-Tik
巔峰之路崎嶇難行，多少人還沒出發就被迫放棄，還有更多人在半途就遭到淘汰！

但是沒有人想被輕易淘汰！
從現在開始到暑假結束為止，我們會不斷進行實戰！
實戰會是最好的成長！
武德
Bú-Tik

實戰嗎……
連人數都不夠……
現在的我們不要被打爆就要偷笑了吧……
孩子們很聰明
他們知道自己缺乏什麼。
如果隊上有一名足以擔任主將，甚至扛起大局的強者……
一切就能變得不一樣。

一年級的馬博拉斯、高能！
又！
你們會怕輸球嗎？
退縮
……
呵，媽的……
！
如果可以贏……誰想輸啊！

！
帥屁啊。
說得很對！
廢文耶。
那麼就做好覺悟吧！
在暑假結束以前，我要把你們操到吐出來為止！
踹
你要什麼帥啊！
哈
Kán！是在帥幾點的啦！
哈哈
啊不然是要說會怕喔……
驚啥潲啦哈哈哈！
武德
Bú-Tik

只要超過3千公尺的山
就是高山囉，你知道臺
灣共有多少座高山嗎？
答：268座

第9回. 有價必殺

我也覺得有點油，所以都去外面買呢。
進食可不是光有熱量就夠了！
拖
我會再開菜單給阿姨參考。
麻煩妳了。
雲姐接！教我作業！
咦？等我吃完再說啦！
教練，這個給你看！

球員卡？你做的嗎？
高能
就網路上找素材合成一下，去超商印的。
素質則是參考入學成績。
……是很一目了然，
但總覺得像是在玩什麼一樣。
我很厲害吧！哈哈哈！
啥？
欸為什麼我只有銅卡！
靠！
我好爛喔！
嫌自己的卡爛就跟鱒魚一樣幹發全壘打來啊。

竟然連今天加入的巴度、奇奇也有……還有那個新生。
陽奇奇
薛政翟
Bado Battowanomin
到底哪時候拍的照片？
不過素質都還不清楚就對了。
先做出來再說。
嗯？

為什麼馬博拉斯的卡也是問號？
!?
喔，因為沒有資料，我查過他國中時都在坐板凳。
……!
板凳球員啊……
是啊。
不過我們可沒有人力充裕到能讓他繼續坐。
退縮
……
實戰時再注意一下那孩子好了。

藍輝雪
武德
05
P IF
60 / 55 / 40
56 / 40 / 45
力量、速度、控球
打擊、守備、球技
只有一張投手卡，控球如何……
叫外野手上去投還比較好吧？
哈哈哈~

沙沙
啊差點忘了，我手邊還有一張投手卡！
噹啦！
林峰生
P
73 / 77 / 80
63 / 71 / 70
1
很抱歉，他目前還不是球隊成員，無法使用。

……這副牌裡，有強力的主砲和數把火槍。
我們有得分的能力。

但如果在我們攻擊前主堡就先被擊潰，那樣是很難守住勝利的。
現在我們需要第一勝……贏給學校看的第一勝。
……的確需要。

好吧……
我會想辦法把人找來，
交給我吧。
而且我自己也很想知道……
呼——
呼——
那傢伙認真起來的話……會是什麼樣子呢？

吃飯啦。
好餓。
我們去校外吃！
嗯……
中午了……嗎？

……
二年級的不該出現在一年級的教室吧……
阿峰拜託幫我！
啊啊啊啊
那個人好像不是班上的……
我知道你人最好了！
他坐在校花位置上欸……
拜託這個忙只有你能幫！
前幾天已經幫過一次了啊啊啊……
啊啊啊
拜託啦週末來幫我們投球！
抓住
不要……你好重起來！

我們真的沒有投手能用啦！
關我屁事啊哇啊！
哎呀，這不是我們球隊的隊長嗎？
△危險動作請勿模仿。
我來幫你！
哇啊啊啊啊啊啊！

我不要。
服務時數滿了還有嘉獎啊，我可以叫教練……
棒球隊隊長不可以這樣濫用特權啦。
你到底是來幫誰的？
依法行政謝謝。
好像是在找幫手的樣子……
聽說我們學校棒球隊很爛……

可惡……對了，
你上次練的二縫線練得怎樣了？
二縫線？
嚕啦
就是握法啊，手指放在兩條線上，就是二縫線！
哪裡變出來的球啊！
這個握法喔，還好啦跟曲球比起來……等等，我才沒有練！

我不會看走眼！
我們峰生這麼強，
絕對是未來的王牌！
王你老母！
Google

教練絕對會張開
雙手歡迎你，
幫一下忙嘛小峰峰～，
不要！
噁心死了！

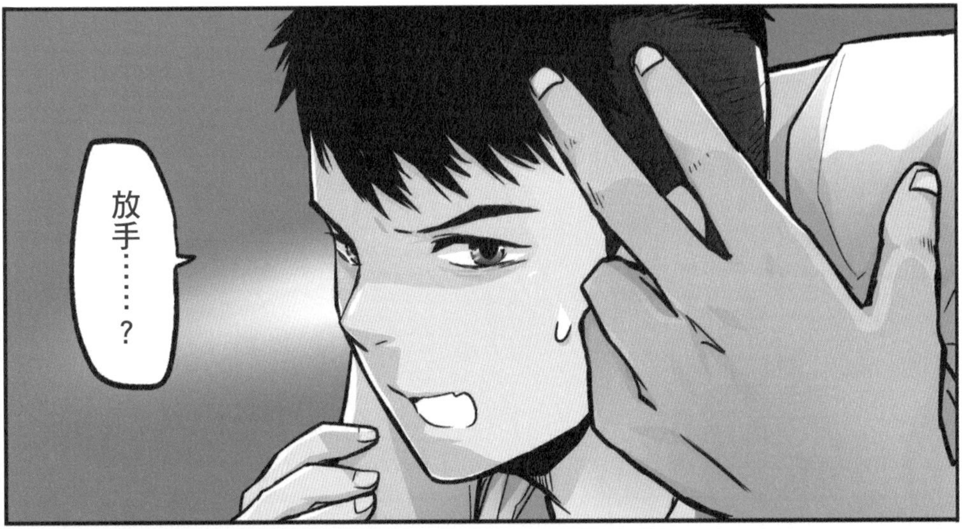
放手……？

這個月攤費和規費打八折，如何？

規費八折……
動搖
GOOD JOB!
棒球員為了錢出賽是很正常的喔！
兩折。
變臉
你歐巴桑買菜直接殺到見骨啊？七折。

週末夜市人潮比較多……擺晚一點應該也賺得回來……
可惡啊你這臭小鬼！
好懶……
五折！不能更低了！
不然你先發掉分就換人！
……
成交！
GIVE ME 5!
耶～
好麻煩……

阿峰你願意幫忙
真的太好了！
感謝
再感謝
……
好啦，那我們
可以開始準備了！
準備？
轉頭
咦？那不是……

沙
要比賽了嗎？
對，這是我跟這群孩子的第一場比賽。
這麼認真，我都以為你又要回大師聯盟比賽了呢！

這支球隊只剩下一年的時間……
以身作則吧，幫助他們培養正確的態度很重要……
我自己無論什麼比賽都會全力以赴……
把拔！有人傳訊息給你喔！
給把拔看看。
75%
10:31
棒球隊隊長 張開一
教練，搞定了，把他放進你的名單裡面吧。

就算現在我的角色換成了教練，我也還是這麼想。
那就是你的個性啊。
沒錯，我得帶他們獲得勝利才行！

武德高中棒球隊群組
薄荷高中對戰棒次表.pdf
下載
請大家看一下自己在這個星期日比賽的棒次順序。早點上床睡覺。沒辦法自行前往者請在宿舍集合。
為什麼我不是先發投手!?
那個林峰生是誰？
為什麼找一個不認識的傢伙來當投手？
他是我找來的幫手，教練也同意，讓他先出賽一場試試看。

應該要先跟我說啊！憑什麼我要把位置讓給沒來練習過的那個誰？
他投球很準，而且我們也沒什麼投手，光現在的人也湊不滿一隊不是？一支球隊不能只有一個投手，大家都知道，而且VOCA不是什麼強隊，你就讓他一場先發試看看。
那傢伙不是科班的吧！就算對方不是強隊，但讓不知哪冒出來的……
我們練球的網子是他搭的，他會投球。
！

一年級的，沒人問你。
沙
乖乖仔恬去聽有無？共恁爸較注意咧！
閉嘴

好啊，給他就給他啊。
反正球隊爛成這樣……找一堆莫名奇妙的幫手，連女生都能當先發……
你們要找誰就自己去啦！把我的號碼讓給他也沒關係啦！

Kán！
欸，你幹嘛幫那個誰講話啊？
阿雪那傢伙脾氣差，以後你被記仇找麻煩該怎麼辦？
……氣氛超尷尬的。
安靜別講話不就好了？
對啊，那是二年級他們的事。
我只是說實話，
而且……

我相信教練找來的人……
!
……你之前都一臉沒什麼自信的樣子，
居然也會說這種話啊。

因為我也不想輸啊，要怪你才對。
吼，哈哈……

你這樣我會很害羞吶！
哈哈哈！
50%
18:50
教練
住宿的成員，早點睡，明天準時集合出發
顯示
關閉

SSR
SR
R
N
CF
P
10
棒賽球員卡共有四種等級。
然後本作中的ＳＳＲ卡只有三張，非常稀少。
我們做了實體卡片，是募資計畫限定回饋品喔！

第10回．登板之路

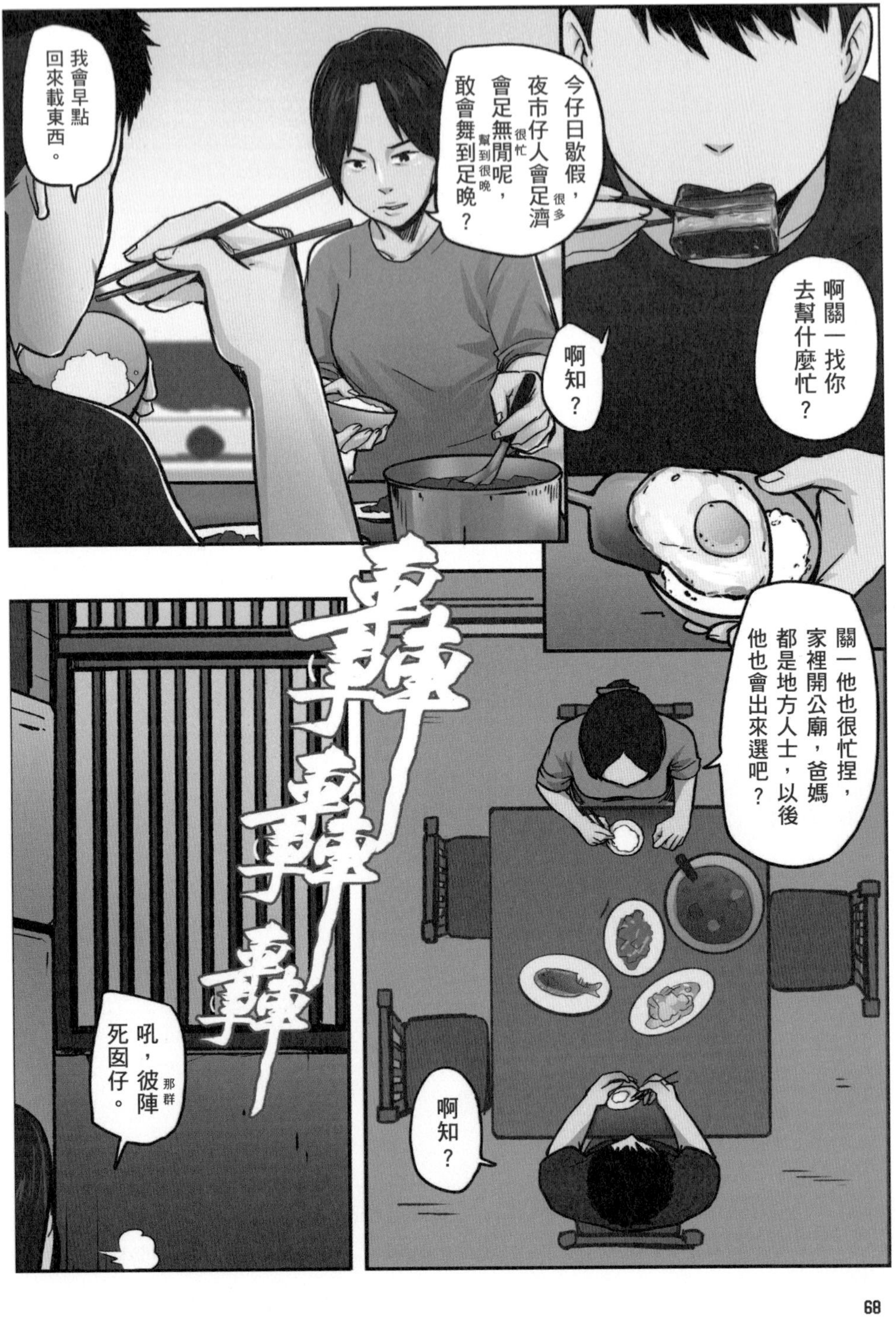
啊關一找你去幫什麼忙？
今仔日歇假，夜市仔人會足濟（很多），會足無閒（很忙）呢，敢會舞到足晚（幫到很晚）？
啊知？
我會早點回來載東西。
關一他也很忙捏，家裡開公廟，爸媽都是地方人士，以後他也會出來選吧？
啊知？
吼，彼陣（那群）死囡仔。

機車改成那樣
人係攏免睏
hioh？
食飽袂？
吃飽了沒

走了。
較早轉來喔。
早點回來
準備好出發了嗎？
差不多，然後我媽在抱怨你們機車很吵。

大仔交給你抱，牠在前面怕有危險。
塞
……你幹嘛帶大仔來？
你有意見？
牠就自己跳上來怎樣都趕不走啊……
你們兩個抽快點，要出發了！
等一下是會死喔，趕投胎嗎？
菸蒂記得丟旁邊的鐵罐裡面。
好——

抱緊大仔
別讓牠飛囉。
坐予穩，
咱來出發！

紅砂子……
好奇特的觸感……
沙沙
阿峰，過來這裡，
我們的休息區在這邊。

你就是關一找的那個幫手喔？
？
喂……

哇啊！
你……
拿去穿啊！
今天就給你表現，
就看你配不配得上這個背號！

……？
別想太多。
過來吧，你的裝備我都幫你準備好了。
穿上它們吧，改頭換面的時刻到了！

哎呦呦～
不錯喔！來穿上它就可以切換成戰鬥狀態了！
你手遊打太多喔。
戰鬥狀態咧～
幫你快點進入狀況咩！
嘶

怎？
記得你之前只有我胸口這麼高啊，長得真快呢！
我才沒有那麼矮！
Bú-Tik
你的骨架關節都很大，手也很適合丟變化球呢！
變你媽！
你幹嘛啦，幼稚！
在稱讚你啊哈哈～
喂，別玩啦！

現在發的是守備小抄，
每個人的都不一樣，等等練習時走一次。
欸，你看得懂嗎？
廢話，當然看不懂啊！
屁啦哈哈，你都不會喔？
我沒有嗎？不是說要找我幫忙投球……
啊你最懂，教我啊！

反正給你你也看不懂吧，
Pèh-tshi白痴。
別在意。

在球場上能讓人信服的除了輩分之外……
實力能夠讓所有人都尊敬你。
武德
Bú-Tik
武德
你只有說來幫忙投球……
我不知道也不想弄得這麼複雜。

抱歉，不過要做的事很簡單。
如果想在球場上獲得尊敬……
喀
把對手尻爆是最快最有用的方法！

看，那就是你要尻爆的傢伙們！
薄荷高中、
南波萬！
薄荷高中最強！

我們是球場上的偶像，薄荷高中！
跟我們來一場華麗且充滿熱血的精彩對決吧！
……啥潲？
……蛤？

親愛的公主們，準備好參加這場舞會了嗎？
呀啊！超帥的！
愛你！
努茨！
準備好了！大家加油！
加油！
薄荷高中加油！
那就是我們的對手嗎……
欸教練，哪找來這麼Khiang的極品？
網路社團啊，大家都在準備巔峰盃，只有他們要跟我們打。
真的還假的啊……

喂！
會痛 hioh？那就是真的啊！
Kán！
武德 Bú-Tik
呵呵，粗魯的傢伙們，
我是主將努茨，非常期待今天與你們一同舉行的宴會呢！
你們真幸運啊！由我們薄荷高中做你們的對手，啊哈哈哈哈——
大家都熱身完了吧？該開始練習了。
無視

感謝各位公主熱情的應援。
請讓我為您們帶來賽前的宴會吧！
布陣紙條上寫的是這次比賽要使用的暗號。會由瀑雲來打。
呀啊啊！
尖叫吧！寶貝～
我跟關一會配合假暗號的演出……
竟然不吐槽對手！完全不為所動！
教練好厲害啊！
不愧是有大師聯盟經歷的人啊！

可惡……
竟然對我可愛的孩子們視而不見！
不過是一群野蠻的臭小子，等等就讓我可愛的孩子們……
啊呀，比賽還沒開始嗎？
您怎麼會這麼早到呢！阿其拉先生！

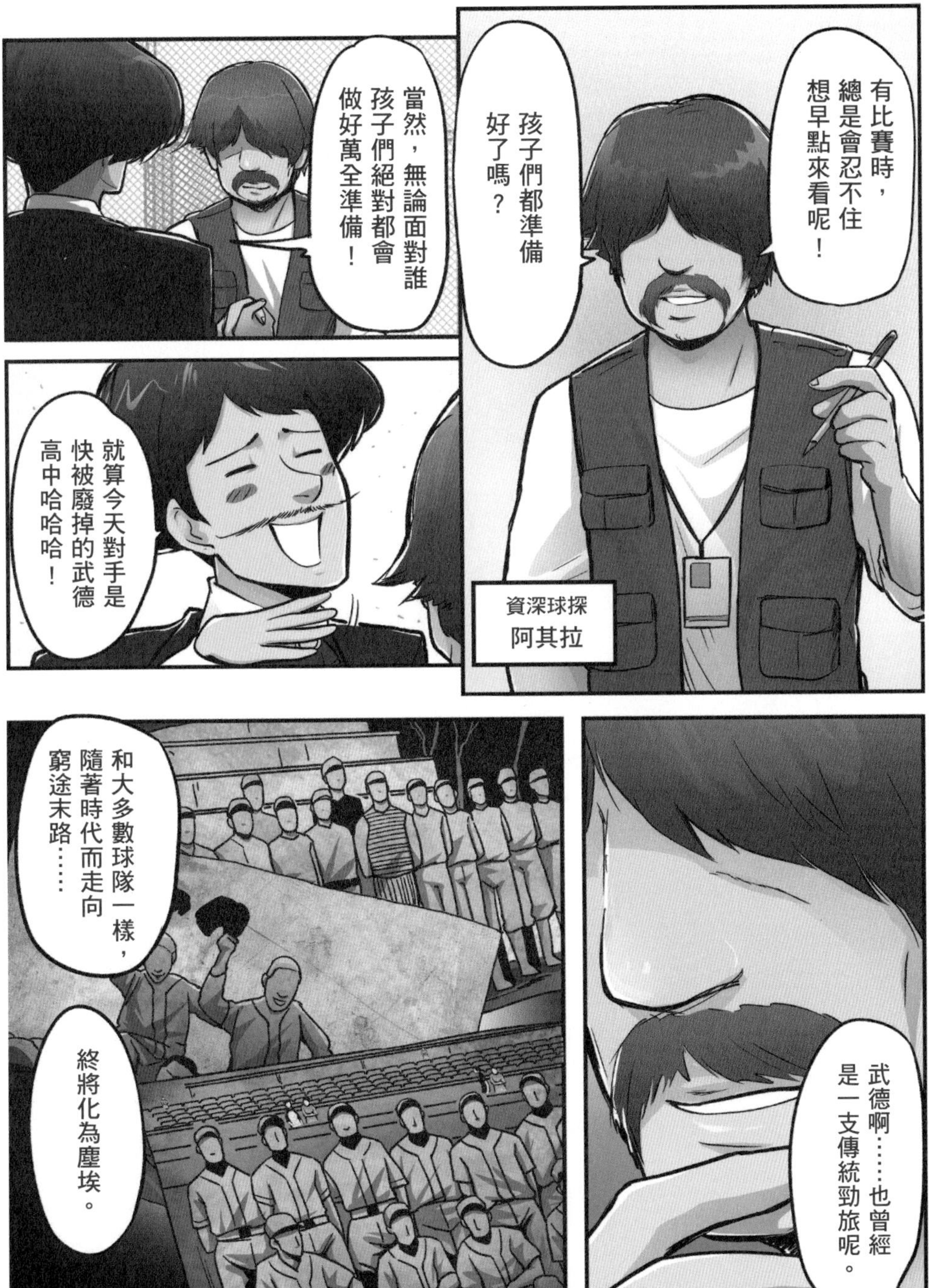
有比賽時，總是會忍不住想早點來看呢！
孩子們都準備好了嗎？
資深球探
阿其拉
當然，無論面對誰孩子們絕對都會做好萬全準備！
就算今天對手是快被廢掉的武德高中哈哈哈！
武德啊……也曾經是一支傳統勁旅呢。
和大多數球隊一樣，隨著時代而走向窮途末路……
終將化為塵埃。

不過棒球這運動很有趣，
只要一點點星火……
來者是客，客隊先攻！

※1：分數差距過大而提早結束比賽。

開始吧。
喔！
命運的鐘聲響起了呦，
讓我們來場華麗的對決吧！
P 努茨

呦呼呼~★
呼？
咦？等等……
沙
沙
怎麼是女森啊！
嘿嘿嘿★

雖然就坐在球場中，但總有種說不出的隔閡感……
好像眼前的比賽跟自己無關一樣……
他們頭髮的造型，戴上帽子後不就看不到了？
欸……我說啊
對耶……

我可不會因為是公主就放水喔！
小心點別扭傷囉！
哇連頭盔都是貓咪耶！
不要玩對手！
這跟我想像中的棒球比賽不太一樣耶！
什麼都嚇不倒我了，來去熱身吧！
P 努茨
武德
Bú-Tik

比賽開始！
大仔，不要被發現囉！
咕！

球來囉！
會怕要閃嘿！

哇啊！
來得及，接著！

閃開，
你擋到人家的路囉★

什、糟糕！
快點！

耶嘿！
SAFE!
教練，你是從哪找到她的？運動神經還不錯嘛。
哇……
我有帶其他班的體育課……

※2：用泡棉製做的棒球器材。

要不要加入棒球隊？
好啊，可是人家不要晒太陽喔★
教一次就會的超強學習力和選球眼，
以及優秀的爆發力，還有速度……
讓只有十五歲的她整天坐在畫布前太可惜了。

武德

大仔
咯咯咯咯

唔！
武德
Bú-Tik
武德高中先馳得點！

阿峰，手舉起來！
？
耶嘿★

這是……
接觸的地方傳來一股溫暖，
從胸口擴散開來……
武德
Bú-Tik

SAFE！
咬牙

喀
武德
Bú-Tik

沒辦法平靜下來，
飛球接殺！
無法冷靜地
坐著……

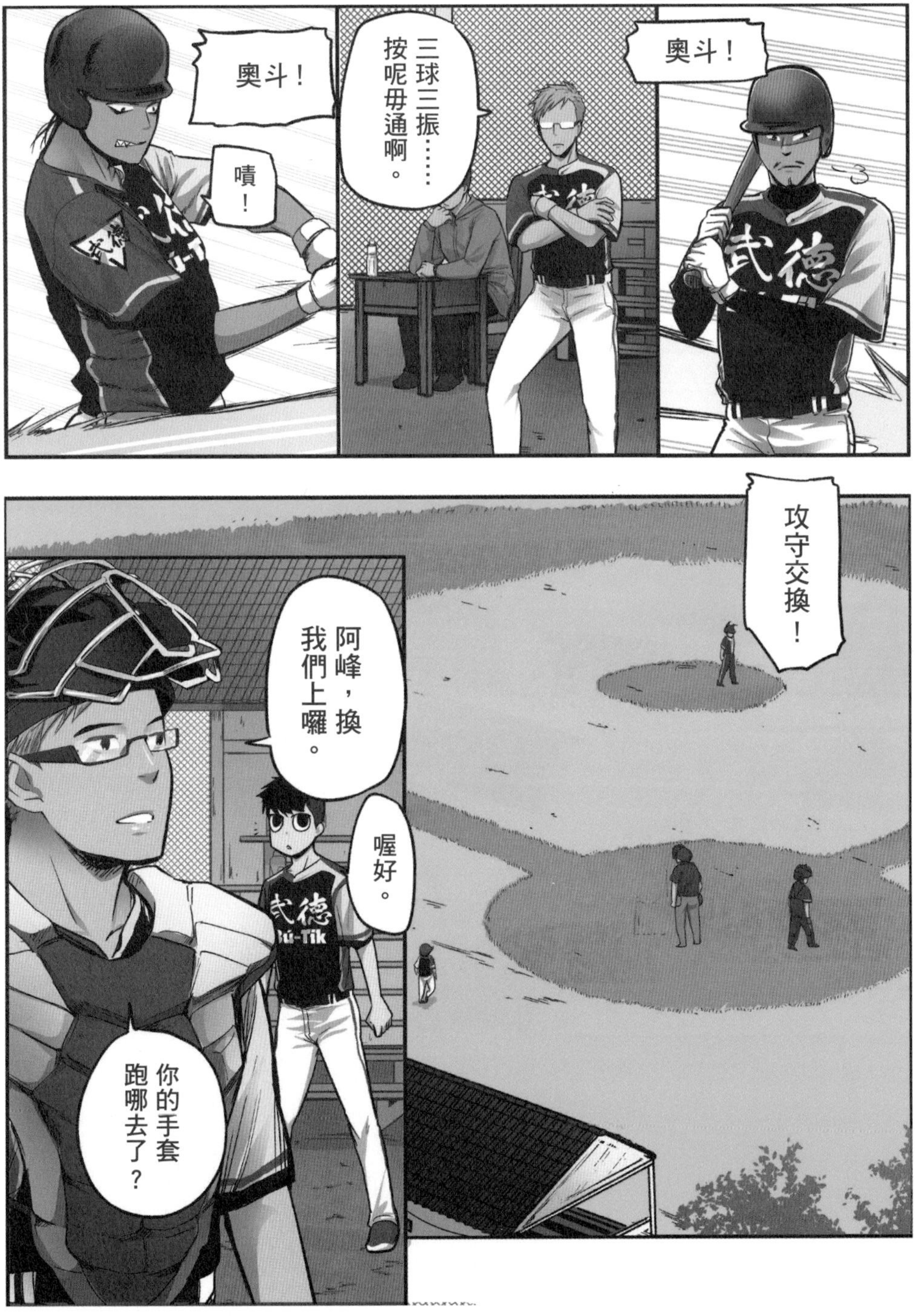
奧斗！
三球三振……按呢毋通啊。
奧斗！
嘖！
攻守交換！
阿峰，換我們上囉。
喔好。
你的手套跑哪去了？

啊，我剛剛拿下來了……
峰生。
？
這個拿去用吧。

就照你平常的動作儘管投球，去吧。
謝、謝謝……
VOCA！加油！
濱衛，呀！
加油喔～
VOCAVOCA VOCA！加油加油加油加油！
命運如此殘忍……
堂堂正正拔刀決鬥吧……？

那傢伙搞什麼？打擊區在這邊欸。

搞什麼神祕……
呵
辛苦了。
不過就是一支快廢掉的球隊……
儘管來吧！

STRIKE!

民德
不過是個外行投手……
球速好快！
原來他這麼厲害啊★
等級完全不同呢★

奧斗！
搞什麼東西！
揮棒啊你！在那邊發呆做什麼？
請你來是打球，不是來養蚊子！
可是他的出手點會被遮住……真的很不好抓啊。
竟然找了個外行雜耍。
外行？怎麼知道的？
你看他大喇喇地把球亮出來，握法都看到了。
啊，真的耶。

三振出局！
下來囉。
喔。
沒想到暗號你都記得住！厲害！
那是因為我幫阿峰複習啊！
武德
Bú-Tik
你說得那麼快誰聽得懂。
對咩，關一你要檢討啦。

我比這樣就給我二縫線！
……二縫線？
對，我每個手勢都代表不同的球路。
他是在問什麼是二縫線啦。
伸
???
阿峰你看我的手，壓兩條線就叫做二縫線。

我看一下，二縫線……
至於位置的部分，你看我手套擺哪裡就丟幾號位，
一頭二臉三頸四肩五胸六腰七雞雞八屁股九側腰。
傳球給你時我摸哪就是哪，其他不管我打什麼你就當我抽筋就好！
蛤？什麼，親雞雞？

張關一！
你拿我的指甲油在幹什麼……！
啊。
未經允許拿他人物品是犯法的喔，請不要學。
糟了。

噠噠噠
……算了，我從頭開始教你啦。
好球帶就像是九宮格一樣……
把球塞到捕手要的位置就對了！
STRIKE！

我可是冒著被打死的生命危險在教你耶。
喔是喔。
……政翟在幹嘛？
什麼？
……他是在跟球棒說話嗎？
他一定是想要跟球棒當朋友啦！
這又不是足球漫畫。
武德
Bú-Tik

啊啊啊打到啦！
還是支德州安打啊太神啦！
別幫自己配音啊……
尬……
真是精力充沛的新生呢。
武德
Bú-Tik

他怎麼可以這麼Khiang啊！
真的超Khiang的啦哈哈哈哈。
他一定是那種會大聲喊出絕招名稱邊打擊的人！
一定是，哈哈！
無人出局，一壘有人！
可惡……

武德
Bú-Tik
武德高中持續得分！
跟說好的不一樣啊！
可惡……怎麼會這麼強……
那個白色袋子是什麼？
MAVOC

生涯首打席就得分！太好啦！
喂，你袂穲（不錯）呢！
欸，你剛剛在那邊戳本壘板是在戳啥潲？
我在跟棒球之神打招呼啊！
棒球之神？我知道，鈴木一朗嘛！
朗啦Kán！第一名是伊無毋著（沒錯）。毋過伊（不過他）是日本人，毋是（不是）臺灣神。
人嘛猶未（還沒）做仙，你莫烏（別亂）白講話！

「棒球之神」是咱耍(打)野球看野球的人攏會(都會)相信的神明。
伊無形體，嘛(也)無宮廟。
毋過逐家(大家)攏(都)會祈求伊保庇家己(自己)提著(得到)勝利！
阿峰你也是第一次打棒球吧？
對。
若按呢(若這樣)愛(要)會記得等仔(等一下)佮(跟)伊拍(打)一下招呼較有禮貌……
烏白講(亂說話)，啥物(什麼)棒球之神，我才無咧信這。

矮由？你不相信膩？
就是這樣你才會被社團球隊三振啦。
新來的你是在嗆啥潲！
啊不然剛剛那麼多好球都不出棒的是誰？
恬恬啦！
莫閣吵啊，閣咧比賽呢。（別再／還在）
放開我，我要教訓這菜鳥……
你們兩個要吵等比賽打完再吵啦！
Kán！
阿峰，手伸出來給我看一下。

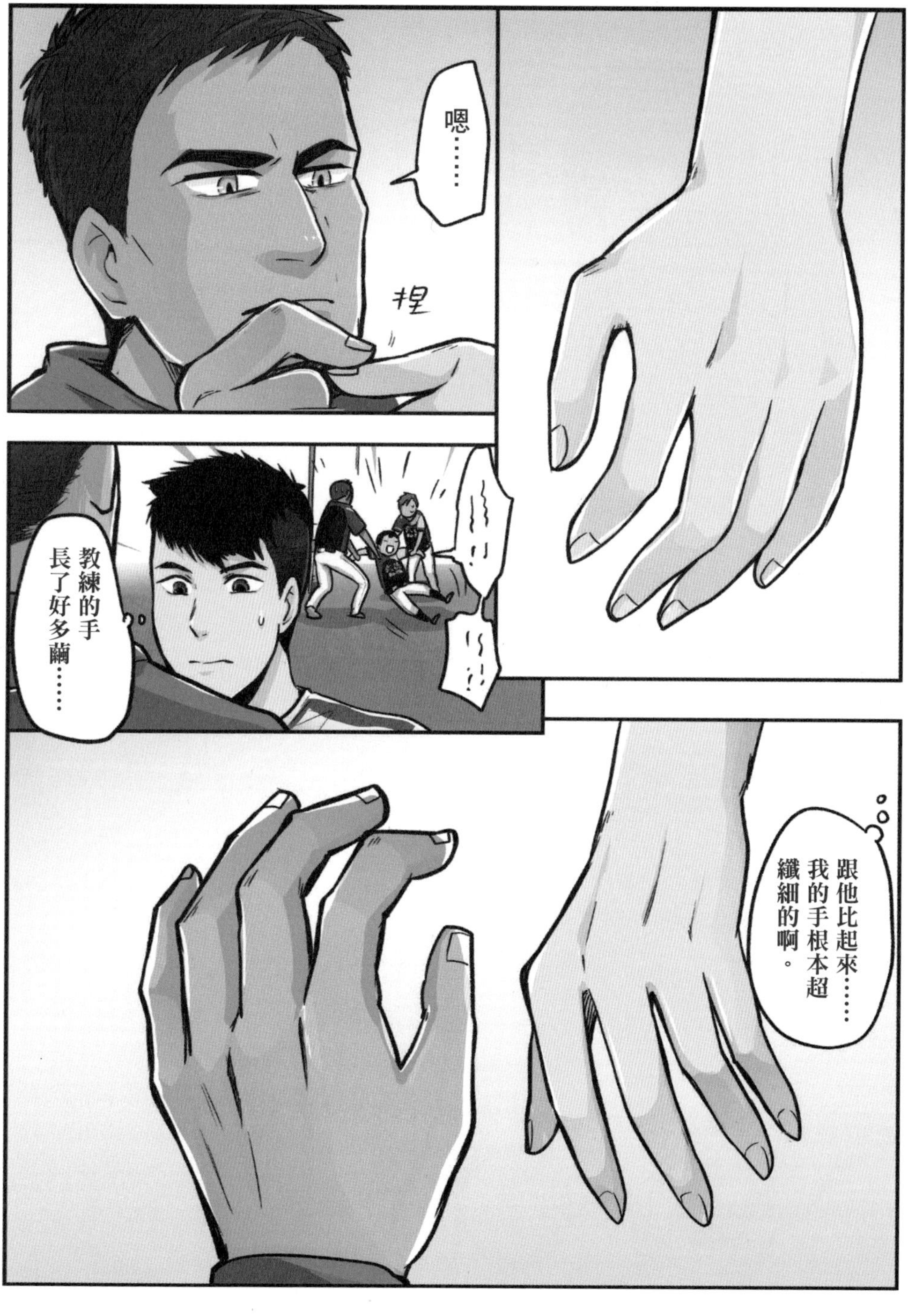
嗯……
捏
教練的手長了好多繭……
！！
！？
跟他比起來……我的手根本超纖細的啊。

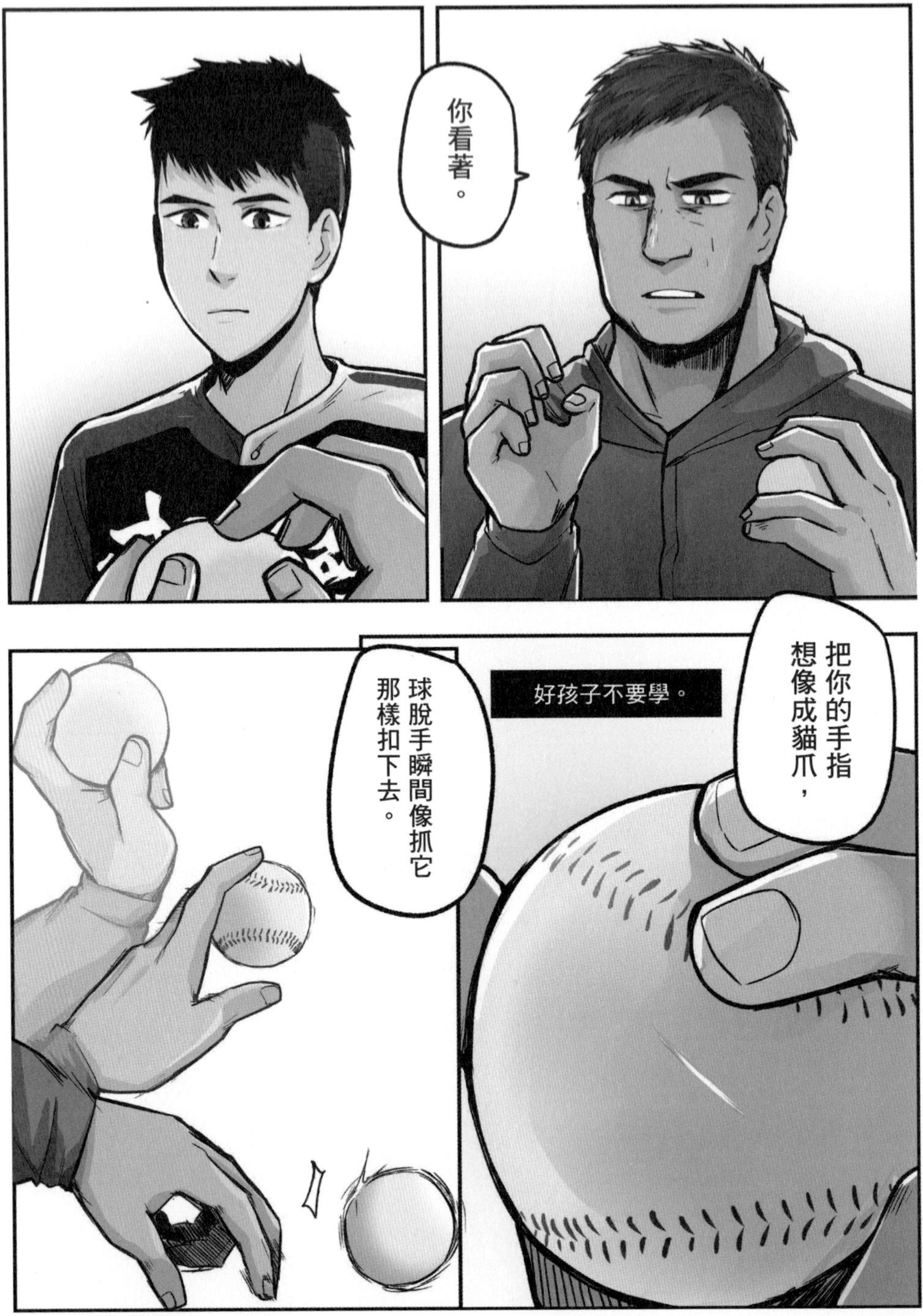
你看著。
把你的手指想像成貓爪，
球脫手瞬間像抓它那樣扣下去。
好孩子不要學。

藉由這個動作，把你的力量注入在這個球裡面，像魔法一樣施放出去。
等等這好像什麼遊戲角色的操作解說……
這樣能理解嗎？
當然不行。
……
好。

總之試看看吧，
丟越快越好。
……
武德
Bú-Tik
竟然直接要我
實戰操作……
這樣刮球真的
可以嗎？
這個到底
是什麼？

那傢伙……是觀察對手發現的嗎？
好像是增加摩擦力用的樣子。
止滑粉包：投手用來增加手指與球之間摩擦力的道具。
呵呵，命運要我當突破重圍的英雄呢！
我會為公主們得到第一分的。

為我歡呼吧——

STRIKE!!

這下墜的幅度……！
剛剛那球是？怎麼一回事
要準備菜單來好好地訓練他了呢。
武德

下框
紅色

一切的問題你都別擔心了，
我會做最適當的處理。
紅被心，黃字寫著
霧川夜市／管理委員會

張關一（18歲）

身高 180cm

體重 69kg

武德高中二年級生，體育班，家中經營公廟武德宮，為武德夜市自治會的工作人員。

負責拍照攝影的後勤組

第12回．回來的人們

STRIKE！
怎麼回事？落點比原本設定的往下掉很多？
真不錯呢，球下墜的幅度……
不過我從來沒看過這孩子，教練是誰呢？
……啊！

……是你
……
最後還是選擇回來了嗎？

可惡！
不是說對方是爛隊嗎？米德爾！
我不知道他們會找幫手啊……
不只被得分，連分數都得不到……
你們這些傢伙快想辦法得分啊！
話是這麼說……
但是他們的投手很……
快想辦法啦！
想刷爛隊卻被反刷的在惱羞囉？
隨便就摔球具出氣，棒球之神不會站在你這邊的。
濱衛！

去你的棒球之神！你這個沒用的打手！
給我放手！
別打了！
別打啦你們！弄傷可愛的臉蛋就不好了呢！
的確，一支到處招攬球員的隊伍，沒有嚴格管理實在很難發揮作用。
為什麼在打架？
怎麼了？
相較之下，武德反而死灰復燃般的閃耀……
武德
武德
Bú-Tik

哇啊！
幹嘛啦！

教練，分數能扣倒了（call game），還要繼續進攻嗎？
不用，只是交流友誼賽而已，改用犧牲短打讓對方抓出局數。
上壘成功！
馬博拉斯短打很不錯，打擊也出色，一點也不像個板凳球員。

剛跑回來得分
看來還要打很久，起來動一下吧。
動？
等太久身體會冷掉啊，
不只容易受傷，手感也會跑掉，所以要你動一動。
喔！
而且對方顯然連出局數都抓不太到呢……
……

而且剛剛對面是不是在吵架？
啊知？我比較擔心今天要打到天黑。
天黑？不是說來得及讓我回去擺攤嗎？
我哪知道對方這麼弱……
搞什麼！連球都能漏！
你還不是一樣！
又不是不知道對方要點！
夥伴們！
不要氣餒，我們不是夥伴嗎？
現在就是團結貓咪的時候，讓我們一起牽手面對強敵吧！
隊長……

好累啊啊～不行了……
想回家……
腳沒力了……
為什麼抓不到出局數呢？
我去跟對方教練說能不能直接結束吧。
請快點去。
爆幹弱……

……！
不用打到天黑就好。
累死了……
你回來了。
！
走吧，回去先補充個水分。
喔，好！
德
-Tik
德

……阿其拉。
沒想到會看到你，為什麼選擇回來了？
我還不想提那些。
……抱歉。

不過今天的比賽很精彩……
你找到了一個跟你一樣優秀的孩子。
這是一場點燃美麗火花的比賽啊，
就像灰燼裡的星火，即使渺小也依然耀眼無比，

而且能夠帶來希望，
……加油。

嗨，兩位。
可以借一步說話嗎？
？
給。
米德爾

果然跟我想的一樣！你們兩個近看超可愛的！
你連睫毛都是白色的！是天生的嗎？
是。
太厲害了！真是美麗啊！
還有你！
對對對，就是這種楚楚可憐的大眼睛！
你們兩個真是太完美了！有沒有興趣來VOCA發展？我們學校對於栽培有潛力的孩子一向不留餘力！所有資源絕對優先保留給優秀的小朋友！而且未來畢業後還會安排去國外發展，絕對保證你們在鎂光燈下大放異彩的機會！只要在這學期轉到我們學校就能無縫接軌開始訓練，現在馬上簽合約還送……
嘶
△危險動作請勿模仿。

哇啊啊啊
我的眼睛！
哪來的野貓
敢挖我的人？
瞪
伸
武德
Bú-Tik
他們資源比較多，
學校也支持，
想要成為偶像明星，
跟他們一樣整天唱
歌跳舞的話，轉到
薄荷高中倒是正確
的選擇。
撕
不要。
武德
Bú-Tik

走吧！
東西收一收
要回去了！
武德
Bú-Tik
阿峰！
他們不是都
去喝什麼
下午茶了？

嘿阿峰，恭喜啦！第一次比賽就拿到首勝捏！
不錯嘛！
厲害！
你今天很威欸！
看不出來嘛，藏得還真好！
呃……謝謝。
喂。
！

!
幾號？
啊你要用幾號？
我是在問你背號，你要用一號的話就讓給你，我用二號。
呃……
好像誤會了什麼？

我只有答應今天來幫忙投球……
什麼？
我是這樣跟峰生說的。
不過我……！
幹嘛讓不打算加入的來湊熱鬧!?你這隊長在幹什麼！我還以為今天是要測試他有多少能耐！
今天的確是想測試他沒錯！
我如果當初知道他只是來打醬油的，根本就不會答應你這騙子！
你幹嘛一直要打人啊？不能好好講喔？
浪費大家時間來演戲很好玩嗎？
找根本不打算加入的人來，不過就是在浪費時間而已！把我的一場先發還來！
別過來……
武德
Bú-Tik
武德
Bú-Tik

沒雞雞的閉嘴！
男人的事少管！
蛤？你這人用雞雞在講話的嗎？
這句話我可不能當作沒聽見喔。
一句話激怒所有女性啦！
哎藍輝雪學長，咱臺灣社會遮爾（這麼）注重性別平等，你按呢（這樣）實在毋通（不行）。
政翟你不要提油來救火！
……！！
……！！
……！！
……！！
怎麼會……
……！

馬博拉斯⋯⋯
恭喜你拿到首勝。（小聲）
嘶
⋯⋯

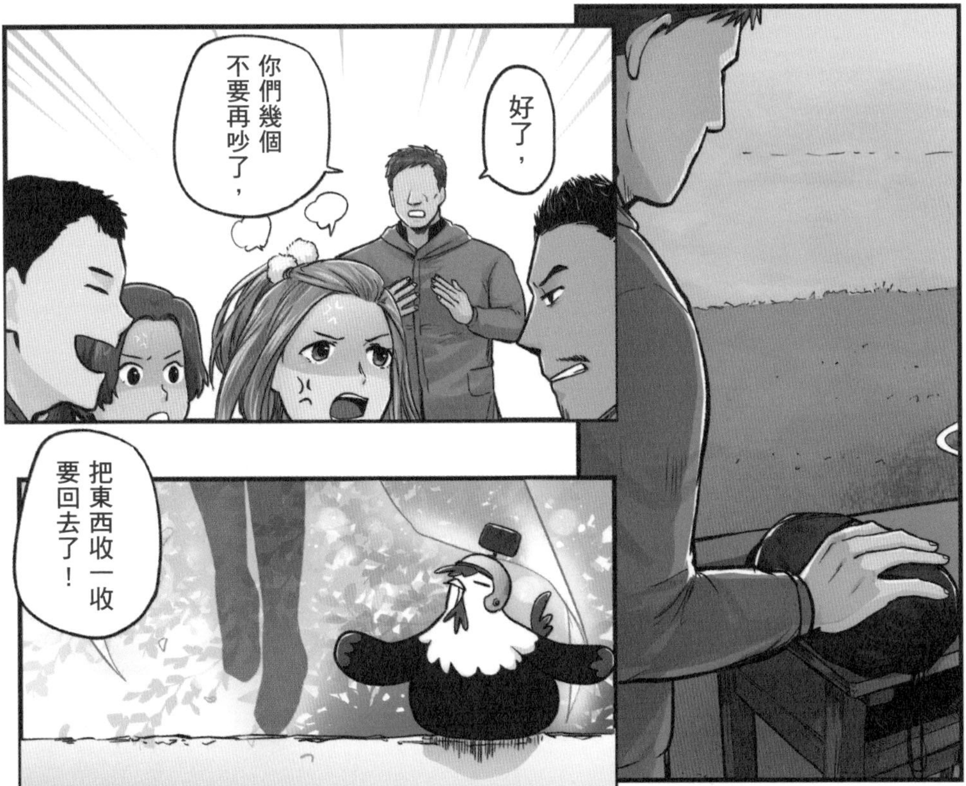

武德

Bú-tik

LOSE

CALL GAME

WIN

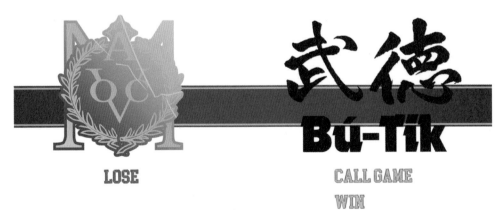

這是什麼？女巫？
怎麼變成奇幻
漫畫了？
說好的
社會寫實呢？
那是棒球之神啦！
之後會登場，
才不是奇幻漫畫咧。

第13回. 明晦之間

1 2 3
4 5 6
7 8 9
果然，又跟那時候一樣往下墜了。
那個很煩的大叔……不，教練，真的滿厲害的樣子。

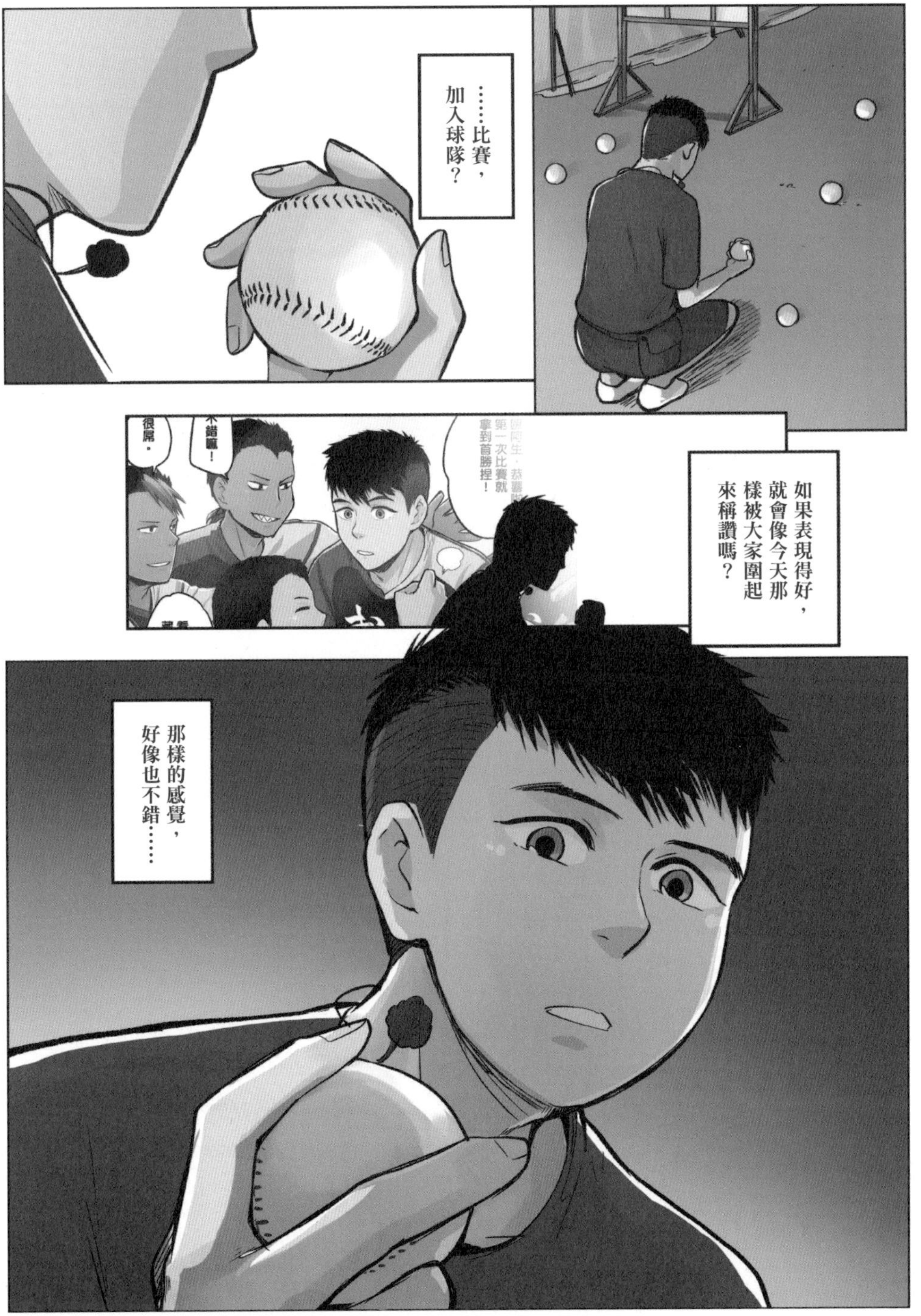
……比賽，加入球隊？
同生，恭喜啦
第一次比賽就拿到首勝捏！
不錯嘛！
很屌。
如果表現得好，就會像今天那樣被大家圍起來稱讚嗎？
那樣的感覺，好像也不錯……

你好，請問要玩……
！
又出現啦！
怎麼了……我只答應幫投一場比賽而已。
上次把你的板子打壞了，這個賠你。
標準好球帶尺寸
尺寸完全不對，你故意的吧．
夜市九宮格

真正的好球帶大概就這麼小而已，你以後就用這個練習吧。
然後瀑雲要我提醒你，投球前後都要記得熱身才不會受傷。
不要跑進別人的攤子裡啦。
竟然開啟教學模式了。
那個，呃，抱歉，教練……
你也看到了，我得幫忙家裡，沒辦法加入球隊……
為什麼……還要對我這麼好，教我投球？
不會覺得很浪費時間嗎？

你喜歡棒球嗎？
我喜歡棒球，所以我希望其他喜歡棒球的孩子，也能夠打球。
……
棒球對我來說，只是賺錢的工具……

……你戴上去時，拿球的手要藏在手套裡，
不然打者一看到你握球的手就能看穿你要丟什麼球……
然後多練習打邊跟角的位置……
欸，阿峰。

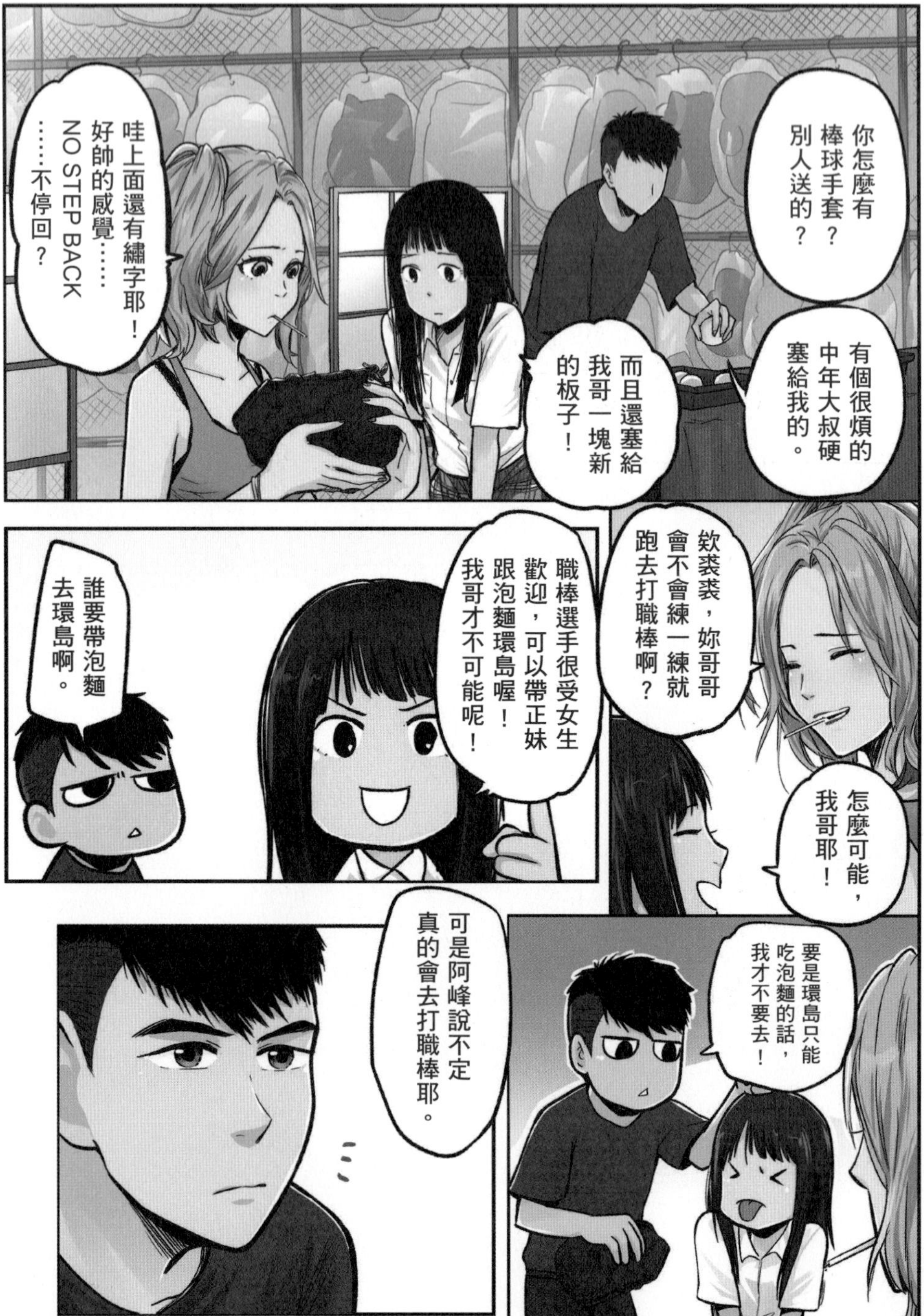
你怎麼有棒球手套？別人送的？
有個很煩的中年大叔硬塞給我的。
而且還塞給我哥一塊新的板子！
哇上面還有繡字耶！好帥的感覺……NO STEP BACK……不停回？
欸裘裘，妳哥哥會不會練一練就跑去打職棒啊？
怎麼可能，我哥耶！
職棒選手很受女生歡迎，可以帶正妹跟泡麵環島喔！我哥才不可能呢！
誰要帶泡麵去環島啊。
要是環島只能吃泡麵的話，我才不要去！
可是阿峰說不定真的會去打職棒耶。

你如果真的去打職棒，我就當啦啦隊幫你加油！
……！
……妳那麼胖還愛喝飲料才當不了啦啦隊。
林峰生你很賤耶！

影片上傳已
處理完成
很好很好。
來吧，挑戰者……
快來發現這座
藏在霧裡的山峰吧。
現代大物！高一投手初登板即完封！（比賽縮時影片）

呵呵呵……
誰會中計呢？
陷阱

第14回．最強宿敵登場！

我們在天上的父啊……
願人都尊您的名為聖……
願今日您的旨意也能在地上成全。
Thomas 湯瑪仕

平南
平南
平南
平南
平南

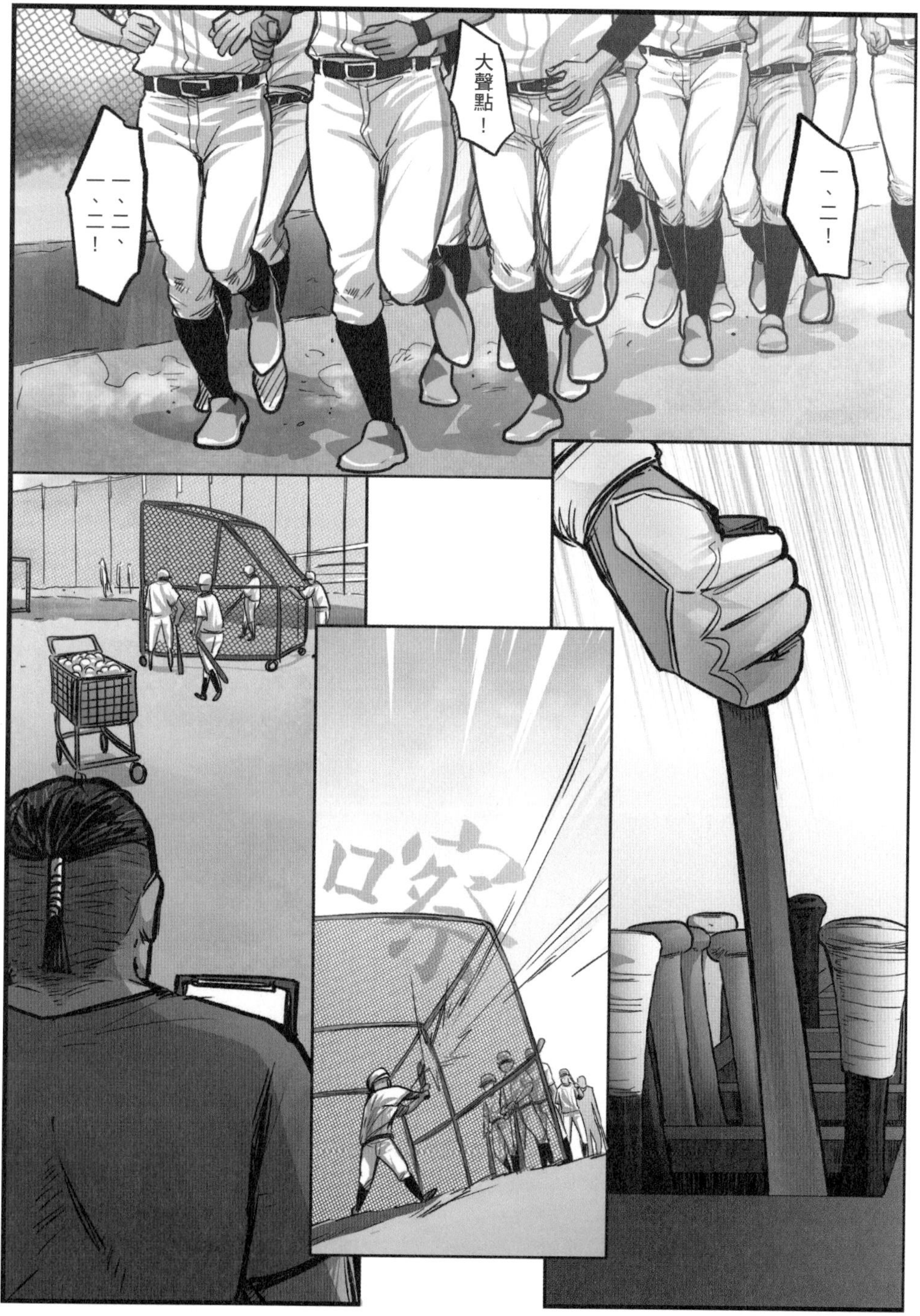
一、二、一、二！
大聲點！
一、二！

湯德灰呢？
那傢伙……
還沒看到他。
黃豐英
平南高中總教練
前日職選手退役
低年級打擊練習結束後開始分組練習！
是！
……！

糟糕……
學長小心！
緊閃！

這樣亂扔球棒可是很危險的喔。
湯德灰
平南高中二年級
主將 OF（外野手）
好佳哉沒人受傷呢……
阿灰來了！
阿灰你又遲到！講過幾百次了？
這次絕不放過你！
之前已經警告過你了！
唉唉，才差那半小時而已～
接受學長們的懲罰吧！
教練不敢動你，隊上的紀律還是要遵守！

……好喔，來吧？
!?
喂，阿灰……
幫我拿著。
！
!?
鹿沼、猿天學長，一切聽悉尊便。
……別高興得太早，這次我們已經準備好了！
去把東西拿出來！
是，學長！

真適合你啊！
以前遲到就要裸體跑操場，別說學長對你不好！
學長知道你討厭跑步熱身才會一直遲到，所以今天特別為你準備了練球的衣服！你就穿著它練球吧！
哇啊啊啊啊啊！
嘻嘻嘻

好喔。
呀啊啊啊啊！
欸德灰，
學長他們開玩笑的，換下來吧。
不會啊，裙子很涼欸。
餵球吧，學弟。
啊……好。
嗚！

!
啊啊啊啊啊！
!

湯德灰，你穿那啥東西？成何體統！給我去換上球衣！
是～
換好就快點加入練球！其他人繼續動作！
那傢伙……不管打擊還是球技都沒話可說，
但怎樣都講不聽，影響其他球員……
啥代誌？
無代誌吧？
不過那些都不是什麼大問題……
昨天又跑去打擊場玩了？
對啊，至少不用一直跑步跑到死。
棒球明明就有很多有趣的地方，但這裡只會一直跑步跑步跑步跑步跑到我都懷疑人生了。
好無聊啊……真想比賽。
然後被保送？
哈哈哈哈！

你已經連幾保了自己說。
懶得數了啦，都沒有敢跟我正面對決的投手啊～
真是無聊啊……
同隊球員就算只是餵球給他也會害怕……
更何況是實戰練習，
其他人根本是被他當沙包打的分。
我闖蕩日職多年，見過各種類型的選手。
回到臺灣以後，也帶過許多球員，但是……
像湯德灰這種，數十年出現一次的選手才是最麻煩的。

要如何讓強者更強？
是身為教練我真正的課題啊。
平南
平南
平南
平南
99

集合。
欸，你有看那支影片了嗎？
武德那個喔？假的吧……
不知道欸，看起來滿威的。
臺中只有臺灣大中港能看吧？
沒聽過武德高中。
那投手姿勢看起來很老練……
那傢伙是個外行。
你有看影片？
剛分享到網路社團時，我就看啦，
連球要藏在手套裡都不知道的傢伙，不是外行是什麼？

什麼影片？
學生們應該是在說這支影片。
我看看。
……
離「巔峰盃」還有段時間，
大家想來場熱身賽嗎？

這影片只是把他說得很厲害，但應該就像阿灰說的一樣……
但薄荷高中只是社團球隊，被完封很正常。
那又怎樣？
你們會怕網路上的一支影片嗎？不敢破除謠言嗎!?
不會！
才不！
哎呀呀……
比賽啊……

就讓我們來驗證，這支影片到底是不是造假的吧！
可以稍微活動筋骨了呢。
平南

湯德灰 （17歲）

身高 188cm
體重 99kg

平南高中二年級生，全能型天才運動員。八月七日生，獅子座。性格越戰越強，是隻無懼的野獸。擁有大和魂。

番外篇!!
感謝大家購買第二集棒賽！真的太開心啦！
我終於能夠登場啦嗷！
第二集收錄內容比較沉重一點，講到了關於現實面的問題。
也投球很準，而且我們也沒什麼投手，光現在的人也湊不滿一隊不是？一支球隊不能只有一個投手，大家都知道，而且VOCA並不是什麼強隊，你就讓他一場先發試試看。
這也是我一直堅持想畫的，講出基層體育的困境。
不過這些多少會讓劇情變得比較沉重啦……
為了觸及，之後也會加入各種受歡迎的食物劇情。
在尋求發表的時候也不太順利。
修改後才考慮採用。

努力照對方的要求，修改好幾次之後……
我們覺得劇情太沉重，應該要強調熱血與夢想，來搶觸及率。
好吧，道不同不相為謀，
還好一路上花栗鼠始終支持我的決定。
如果是跟日本一樣純熱血、勇氣跟夢想……那樣誰來畫，背景在哪，好像都沒差太多。
好想要有一本屬於臺灣的棒球漫畫啊！
必須要堅持下去才行呢……

總之得先解決錢的問題，畢竟沒有地方連載，就等於宣告沒有收入。
我想畫漫畫
沒人會理你。
後來與噴噴推出募資專案，
還寫企劃書，申請文化部的補助……
人生第一次寫企劃跟其他單位要錢，真的只能說邊做邊學。
在這邊感謝文化部的及時雨灌溉！
雖然不多但是有給錢就是爹娘！
文化部
MINISTRY OF CULTURE
這筆經費來自文化部的前瞻計畫，你可以在後面的版權頁找到文化部 LOGO。

中間當然有繼續嘗試與不同平臺接洽，
但有些平臺就講明不接受某些題材，
尤其是某國出資的平臺。
宗教
R18
神怪
政治
雖然給的稿費真的很高！
尋覓連載平臺的過程簡直跟踩地雷一樣……
要一直小心閃躲可能的地雷。
不過之前看到它瞬間倒下也真的覺得很感慨。
啊……好突然啊。
好慘全被無預警斷尾……
可惡！反正平臺會一直換的話，那乾脆我自己來做！
反正現在大家都在網路上看免費的盜版嘛？

在經歷幾次思考與辯論後，決定自己下來做。
蠢羊與奇怪生物
連載-棒球人生賽
作品列表
關於蠢羊與奇怪生物
週邊商品
蠢羊 FB 粉絲專頁
蠢羊與奇怪生物★寧欣★羊窩
請人架了官方網站，開始自營平臺。
也為了各平臺量身打造出不同的呈現方式……
網頁版
要重新拼起來好難啊啊～
手機版
總之還是努力地把能做的前置作業都給完成了……
幫你打造好平臺，剩下的就交給你了……
沒錯！既然都已經砸這麼重的本了……
奮起

這次我想要試試看，
全心全意地做好一件事。
取材、
訪談、
找助手，
想要像個漫畫家一樣地畫出這個作品。

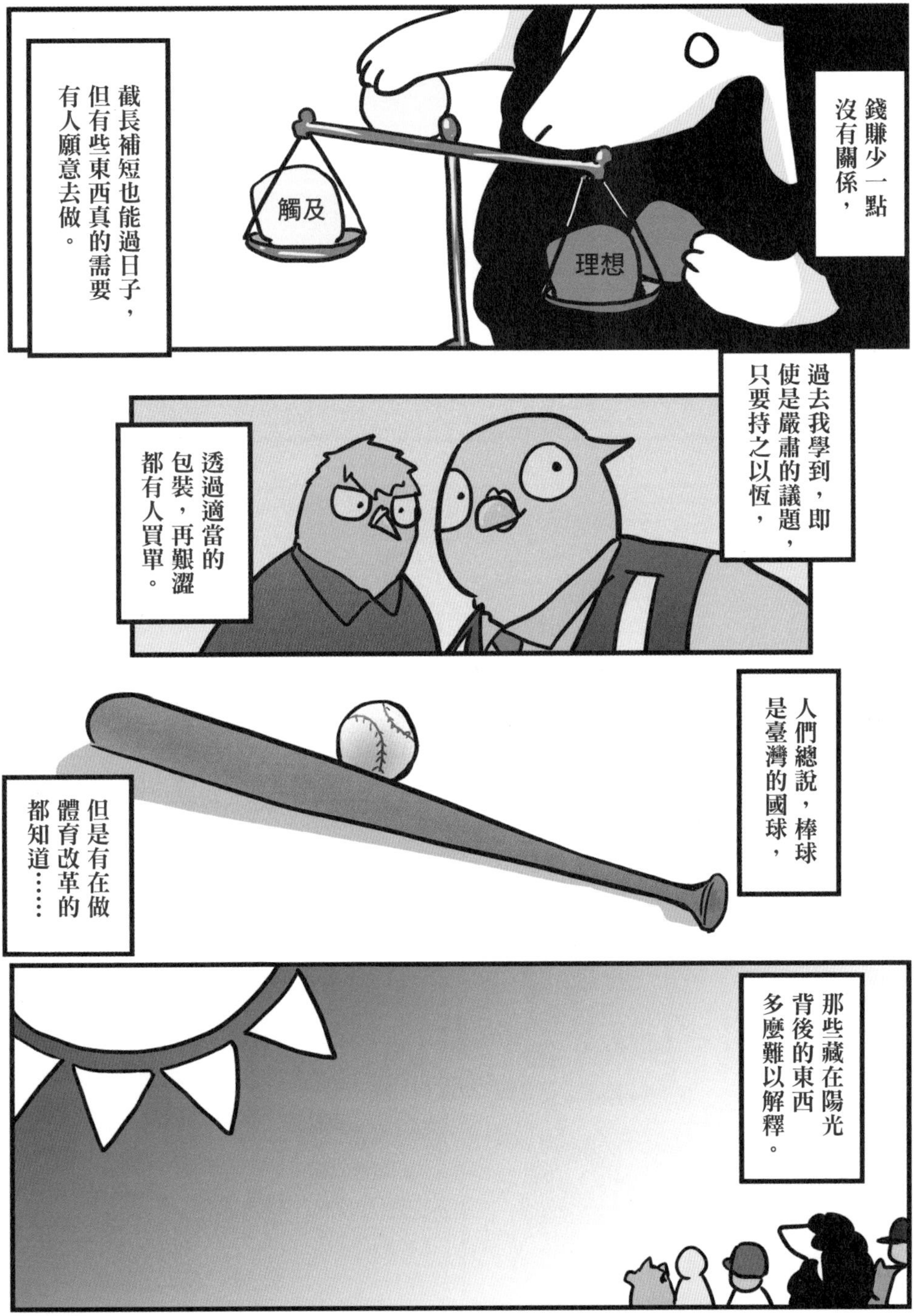
錢賺少一點
沒有關係，
觸及
理想
截長補短也能過日子，
但有些東西真的需要
有人願意去做。
過去我學到，即
使是嚴肅的議題，
只要持之以恆，
透過適當的
包裝，再艱澀
都有人買單。
人們總說，棒球
是臺灣的國球，
但是有在做
體育改革的
都知道……
那些藏在陽光
背後的東西
多麼難以解釋。

能夠順利出版第二集
真是太好了，
以後也會繼續努力！
請收下我の膝蓋
預計共十冊，
希望能用三年
畫完這部作品！
也感謝時報
出版社願意
在出版寒冬
還繼續出書
……
國際書展
休止
NOOOO
希望他們能順利
度過這波疫情。
感謝各位支持，
那麼我們就
下集見囉……
慢著！
我的戲份呢？
怎麼登場第
一格就沒了！
吵死啦！下一集
就是你的主場，
乖乖閉嘴等！
蛤！還要等喔？
END

強者登場！
武德高中 V.S. 平南高中
為了名氣而織成的謊言
會不會被一棒擊碎……？
平南

Fun 071

棒球人生賽 2nd

作　者—蠢羊（羊寧欣）
協　力—花栗鼠（韓璟）
主　編—陳信宏
責任編輯—王瓊苹
責任企劃—吳美瑤
美術協力—黃鳳君
臺文審定—薛翰駿、李盈佳
贊助單位—文化部

編輯總監—蘇清霖
董 事 長—趙政岷
出 版 者—時報文化出版企業股份有限公司
一〇八〇一九台北市和平西路三段二四〇號三樓
發行專線—（〇二）二三〇六—六八四二
讀者服務專線—〇八〇〇—二三一—七〇五
（〇二）二三〇四—七一〇三
讀者服務傳真—（〇二）二三〇四—六八五八
郵撥—一九三四四七二四時報文化出版公司
信箱—一〇八九九臺北華江橋郵局第九九信箱

時報悅讀網—http://www.readingtimes.com.tw
電子郵件信箱—newlife@readingtimes.com.tw
時報出版愛讀者粉絲團—http://www.facebook.com/readingtimes.2
法律顧問—理律法律事務所　陳長文律師、李念祖律師
印　刷—和楹印刷有限公司
初版一刷—二〇二〇年五月二十二日
定價—新臺幣三二〇元
（缺頁或破損的書，請寄回更換）

時報文化出版公司成立於一九七五年，並於一九九九年股票上櫃公開發行，於二〇〇八年脫離中時集團非屬旺中，以「尊重智慧與創意的文化事業」為信念。

ISBN 978-957-13-8184-8
Printed in Taiwan